모든 죽어가는 것을
사랑해야지

　　　　　　윤동주

한국 대표시 다시 찾기 **101**

모든 죽어가는 것을 사랑해야지

윤동주

사과
꽃

Gottardo Fidele Piazzoni
Lux Aeterna

차례

여는 시 · 하늘을 우러러 부끄럼이 없기를

1 내일은 없다 1934 ~ 1937

닫는 시 · 다 쓰지 못하거나, 버린 시편

3 산문

여는 시

하늘을 우러러
부끄럼이 없기를

서시 무제

죽는 날까지 하늘을 우러러
한 점 부끄럼이 없기를,
잎새에 이는 바람에도
나는 괴로와했다.
별을 노래하는 마음으로
모든 죽어가는 것을 사랑해야지
그리고 나한테 주어진 길을
걸어가야겠다.

오늘 밤에도 별이 바람에 스치운다.

자화상

　산모퉁이를 돌아 논가 외딴 우물을 홀로 찾아가선
가만히 들여다봅니다.

　우물 속에는 달이 밝고 구름이 흐르고 하늘이
펼치고 파아란 바람이 불고 가을이 있습니다.

　그리고 한 사나이가 있습니다.
어쩐지 그 사나이가 미워져 돌아갑니다.

　돌아가다 생각하니 그 사나이가 가엾어집니다. 도로
가 들여다 보니 사나이는 그대로 있습니다.

　다시 그 사나이가 미워져 돌아갑니다.
돌아가다 생각하니 그 사나이가 그리워집니다.

　우물 속에는 달이 밝고 구름이 흐르고 하늘이
펼치고 파아란 바람이 불고 가을이 있고 추억처럼
사나이가 있습니다.

소년

  여기저기서 단풍잎 같은 슬픈 가을이 뚝뚝
떨어진다. 단풍잎 떨어져 나온 자리마다 봄을 마련해
놓고 나뭇가지 우에 하늘이 펼쳐 있다. 가만히 하늘을
들여다보려면 눈썹에 파란 물감이 든다. 두 손으로
따뜻한 볼을 쓸어보면 손바닥에도 파란 물감이
묻어난다. 다시 손바닥을 들여다본다. 손금에는 맑은
강물이 흐르고, 맑은 강물이 흐르고, 강물 속에는
사랑처럼 슬픈 얼굴 —— 아름다운 순이順伊의 얼굴이
어린다. 소년은 황홀히 눈을 감아본다. 그래도 맑은
강물은 흘러 사랑처럼 슬픈 얼굴 —— 아름다운 순이의
얼굴은 어린다.

눈 오는 지도

　순이順伊가 떠난다는 아침에 말 못할 마음으로
함박눈이 내려, 슬픈 것처럼 창 밖에 아득히 깔린 지도
위에 덮인다.
　방 안을 돌아다보아야 아무도 없다. 벽과 천정이
하얗다.
　방 안에까지 눈이 내리는 것일까, 정말 너는
잃어버린 역사처럼 홀홀이 가는 것이냐. 떠나기
전에 일러둘 말이 있던 것을 편지를 써서도 네가
가는 곳을 몰라 어느 거리, 어느 마을, 어느 지붕 밑,
너는 내 마음 속에만 남아 있는 것이냐. 네 쪼그만
발자욱을 눈이 자꼬 내려 덮어 따라갈 수도 없다. 눈이
녹으면 남은 발자욱 자리마다 꽃이 피리니 꽃 사이로
발자욱을 찾아 나서면 일년 열두달 하냥 내 마음에는
눈이 내리리라.

십자가

쫓아오던 햇빛인데
지금 교회당 꼭대기
십자가에 걸리었습니다.

첨탑이 저렇게도 높은데
어떻게 올라갈 수 있을까요.

종소리도 들려오지 않는데
휘파람이나 불며 서성이다가,

괴로왔던 사나이,
행복한 예수 그리스도에게
처럼
십자가가 허락된다면

모가지를 드리우고
꽃처럼 피어나는 피를
어두워가는 하늘 밑에
조용히 흘리겠습니다.

돌아와 보는 밤

  세상으로부터 돌아오듯이 이제 내 좁은 방에 돌아와
불을 끄옵니다. 불을 켜 두는 것은 너무나 피로롭은
일이옵니다. 그것은 낮의 연장이옵기에 ——

  이제 창을 열어 공기를 바꾸어 들여야 할 텐데 밖을
가만히 내다보아야 방 안과 같이 어두워 꼭 세상
같은데 비를 맞고 오던 길이 그대로 빗 속에 젖어
있사옵니다.

  하루의 울분을 씻을 바 없어 가만히 눈을 감으면
마음 속으로 흐르는 소리, 이제, 사상이 능금처럼
저절로 익어 가옵니다.

바람이 불어

바람이 어디로부터 불어와
어디로 불려 가는 것일까.

바람이 부는데
내 괴로움에는 이유가 없다.

내 괴로움에는 이유가 없을까.

단 한 여자를 사랑한 일도 없다.
시대를 슬퍼한 일도 없다.

바람이 자꾸 부는데
내 발이 반석 위에 섰다.

강물이 자꾸 흐르는데
내 발이 언덕 위에 섰다.

길

잃어버렸습니다.
무얼 어디다 잃었는지 몰라
두 손이 주머니를 더듬어
길에 나아갑니다.

돌과 돌과 돌이 끝없이 연달아
깊은 돌담을 끼고 갑니다.

담은 쇠문을 굳게 닫아
길 위에 긴 그림자를 드리우고

길은 아침에서 저녁으로
저녁에서 아침으로 통했습니다.

돌담을 더듬어 눈물짓다.
쳐다보면 하늘은 부끄럽게 푸릅니다.

풀 한 포기 없는 이 길을 걷는 것은
담 저쪽에 내가 남아 있는 까닭이고,

내가 사는 것은 다만,
잃은 것을 찾는 까닭입니다.

별 헤는 밤

계절이 지나가는 하늘에는
가을로 가득 차 있습니다.

나는 아무 걱정도 없이
가을 속의 별들을 다 헤일 듯합니다.

가슴 속에 하나 둘 새겨지는 별을
이제 다 못 헤는 것은
쉬이 아침이 오는 까닭이요,
내일 밤이 남은 까닭이요,
아직 나의 청춘이 다하지 않은 까닭입니다.

별 하나에 추억과
별 하나의 사랑과
별 하나에 쓸쓸함과
별 하나에 동경과
별 하나에 시와
별 하나에 어머니, 어머니,

어머님, 나는 별 하나에 아름다운 말 한 마디씩
불러 봅니다. 소학교 때 책상을 같이 했던 아이들의

이름과, 패佩, 경鏡, 옥玉 이런 이국 소녀들의 이름과
벌써 애기 어머니 된 계집애들의 이름과, 가난한
이웃사람들의 이름과, 비둘기, 강아지, 토끼, 노새,
노루, '프랑시스 잠', '라이너 마리아 릴케'. 이런
시인의 이름을 불러 봅니다.

　이네들은 너무나 멀리 있습니다.
　별이 아슬히 멀듯이,

　어머님,
　그리고 당신은 멀리 북간도에 계십니다.

　나는 무엇인지 그리워
　이 많은 별빛이 내린 언덕 위에
　내 이름자를 써 보고,
　흙으로 덮어버리었습니다.

　딴은 밤을 새워 우는 벌레는
　부끄러운 이름을 슬퍼하는 까닭입니다.

그러나 겨울이 지나고 나의 별에도 봄이 오면
무덤 위에 파랑 잔디가 피어나듯이
내 이름자 묻힌 언덕 위에도
자랑처럼 풀이 무성할 게외다.

사랑스런 추억

봄이 오던 아침, 서울 어느 쪼그만 정거장에서
희망과 사랑처럼 기차를 기다려,

나는 프랫포옴에 간신艱辛한 그림자를 떨어뜨리고,
담배를 피웠다.

내 그림자는 담배 연기 그림자를 날리고
비둘기 한 때가 부끄러운 것도 없이
나래 속을 속, 속, 햇빛에 비춰, 날았다.

기차는 아무 새로운 소식도 없이
나를 멀리 실어다 주어,

봄은 다 가고 ── 동경 교외 어느 조용한
하숙방에서, 옛 거리에 남은 나를 희망과 사랑처럼
그리워한다.

오늘도 기차는 몇 번이나 무의미하게 지나가고,

오늘도 나는 누구를 기다려 정거장 가까운
언덕에서 서성거릴 게다.

── 아아 젊음은 오래 거기 남아 있거라.

쉽게 씌여진 시

창 밖은 밤비가 속살거려
육첩방은 남의 나라.

시인이란 슬픈 천명인 줄 알면서도
한 줄 시를 적어 볼까,

땀내와 사랑 내 포근히 품긴
보내 주신 학비 봉투를 받아

대학 노 ── 트를 끼고
늙은 교수의 강의 들으러 간다.

생각해 보면 어린 때 동무를
하나, 둘, 죄다 잃어버리고

나는 무얼 바라
나는 다만 홀로 침전하는 것일까?

인생은 살기 어렵다는데
시가 이렇게 쉽게 씌어지는 것은
부끄러운 일이다.

육첩방은 남의 나라
창 밖에 밤비가 속살거리는데,

등불을 밝혀 어둠을 조금 내몰고
시대처럼 올 아침을 기다리는 최후의 나,

나는 나에게 작은 손을 내밀어
눈물과 위안으로 잡는 최초의 악수.

1

내일은 없다
1934 ~ 1937

초한대

초 한 대 ——
내 방에 품긴 향내를 맡는다.

광명의 제단이 무너지기 전
나는 깨끗한 제물을 보았다.

염소의 갈비뼈 같은 그의 몸,
그의 생명인 심지心志까지
백옥 같은 눈물과 피를 흘려
불살라 버린다.

그리고도 책상머리에 아롱거리며
선녀처럼 촛불은 춤을 춘다.

매를 본 꿩이 도망하듯이
암흑이 창구멍으로 도망한
나의 방에 품긴
제물의 위대한 향내를 맛보노라.

삶과 죽음

삶은 오늘도 죽음의 서곡을 노래하였다.
이 노래가 언제나 끝나랴

세상 사람은 ──
뼈를 녹여내는 듯한 삶의 노래에
춤을 춘다
사람들은 해가 넘어가기 전
이 노래 끝의 공포를
생각할 사이가 없었다.

(나는 이것만은 알았다.
이 노래의 끝을 맛본 이들은
자기만 알고,
다음 노래의 맛을 알려 주지 아니하였다)

하늘 복판에 아로새기듯이
이 노래를 부른 자가 누구냐.
그리고 소낙비 그친 뒤같이도
이 노래를 그친 자가 누구뇨.

죽고 뼈만 남은
죽음의 승리자 위인들!

내일은 없다
— 어린 마음이 물은

내일 내일 하기에
물었더니
밤을 자고 동틀 때
내일이라고

새 날을 찾던 나는
잠을 자고 돌보니
그때는 내일이 아니라
오늘이더라.

무리여!
내일은 없나니
……

거리에서

달밤의 거리
광풍이 휘날리는
북국의 거리
도시의 진주
전등 밑을 헤엄치는
쪼그만 인어 나,
달과 전등에 비쳐
한몸에 둘셋의 그림자
커졌다 작아졌다.

괴롬의 거리
재색빛 밤거리를
걷고 있는 이 마음
선풍旋風이 일고 있네
외로우면서도
한 갈피 두갈피
피어나는 마음의 그림자,
푸른 공상空想이
높아졌다 낮아졌다.

꿈은 깨어지고

잠은 눈을 떴다
그윽한 유무幽霧에서,

노래하는 종다리
도망쳐 날아 나고,

지난 날 봄 타령 하던
금잔디밭은 아니다.

탑은 무너졌다.
붉은 마음의 탑이 ──

손톱으로 새긴 대리석탑이
하루 저녁 폭풍에 여지없이도,

오 ── 황폐의 쑥밭,
눈물과 목메임이여!

꿈은 깨어졌다.
탑은 무너졌다.

조개껍질
— 바닷물 소리 듣고 싶어

아롱아롱 조개껍데기
울언니 바닷가에서
주어온 조개껍데기

여긴여긴 북쪽나라요
조개는 귀여운 선물
장난감 조개껍데기.

데굴데굴 굴리며 놀다,
짝잃은 조개껍데기
한 짝을 그리워하네

아롱아롱 조개껍데기
나처럼 그리워하네
물소리 바닷 물소리.

고향집
― 만주에서 부른

헌 짚신짝 끄을고
  나 여기 왜 왔노
두만강을 건너서
  쓸쓸한 이 땅에

남쪽 하늘 저 밑에
  따뜻한 내 고향
내 어머니 계신 곳
  그리운 고향 집

창구멍

바람부는 새벽에 장터 가시는
우리압바 뒷자취 보구 싶어서
침을 발려 뚫어 논 작은 창구멍
아롱다롱 아침해 비치웁니다

눈 나리는 저녁에 나무 팔러 간
우리 아빠 오시나 기다리다가
해끝으로 뚫어 논 작은 창구멍
살랑살랑 찬바람 날아듭니다.

기왓장 내외

비오는날 저녁에 기왓장내외
잃어버린 외아들 생각나선지
꼬부라진 잔등을 어루만지며
쭈룩쭈룩 구슬피 울음 웁니다.

대궐 지붕 위에서 기왓장내외
아름답던 옛날이 그리워선지
주름잡힌 얼굴을 어루만지며
물끄러미 하늘만 쳐다봅니다.

병아리

"뾰, 뾰, 뾰,
엄마 젖 좀 주"
병아리 소리.

"꺽, 꺽, 꺽,
오냐 좀 기다려"
엄마 닭 소리.

좀 있다가
병아리들은
엄마 품으로
다 들어갔지요.

오줌싸개 지도

밧줄에 걸어논
요에다 그린 지도는
간밤에 내 동생
오줌 싸서 그린 지도.

위에 큰 것은
꿈에 본 만주 땅
그 아래
길고도 가는 건 우리 땅

비둘기

안아보고 싶게 귀여운
산비둘기 일곱 마리
하늘끝까지 보일듯이 맑은 주일날 아침에
벼를 거두어 빼빼한 논에
앞을 다투어 모이를 주우며
어려운 이야기를 주고 받으오.

날신한 두 나래로 조용한 공기를 흔들어
두 마리가 나오
집에 새끼 생각이 나는 모양이오.

이별

눈이 오다, 물이 되는 날
잿빛 하늘에 또 뿌연 내, 그리고,
커다란 기관차는 빼 —— 액 —— 울며,
쪼그만,
가슴은, 울렁거린다.

이별이 너무 재빠르다, 안타깝게도,
사랑하는 사람을,
일터에서 만나자 하고 ——
더욱 손의 맛과, 구슬 눈물이 마르기 전
기차는 꼬리를 산굽으로 돌렸다.

식권

식권은 하루 세 끼를 준다,

식모는 젊은 아이들에게
한 때 흰그릇 셋을 준다,

대동강 물로 끓인 국
평안도 쌀로 지은 밥,
조선의 매운 고추장,

식권은 우리 배를 부르게.

황혼

햇살은 미닫이 틈으로
길죽한 일자一字를 쓰고…… 지우고……

까마귀떼 지붕 위로
둘, 둘, 셋, 넷, 자꾸 날아 지난다.
쑥쑥, 꿈틀꿈틀 북쪽 하늘로,

내사……
북쪽 하늘에 나래를 펴고 싶다.

종달새

종달새는 이른 봄날
질디진 거리의 뒷골목이
싫더라.
명랑한 봄하늘,
가벼운 두 나래를 펴서
요염한 봄노래가
좋더라,
그러나,
오날도 구멍 뚫린 구두를 끌고,
훌렁훌렁 뒷거리 길로
고기 새끼 같은 나는 헤메나니,
나래와 노래가 없음인가
가슴이 답답하구나.

오후의 구장 球場

늦은 봄 기다리던 ──
토요일날
오후 세시 반의 경성행 열차는,
석탄 연기를 자욱이 풍기고,
소리치고 지나가고,

한 몸을 끌기에 강하던
공이 자력磁力을 잃고
한 모금의 물이
불붙는 목을 축이기에
넉넉하다.
젊은 가슴의 피 순환이 잦고,
두 철각鐵脚이 늘어진다.

검은 기차 연기와 함께
푸른 산이
아지랑이 저쪽으로
가라앉는다.

산림 山林

시계가 자근자근 가슴을 때려
하잔한 마음을 산림이 부른다.

천년 오래인 연륜에 짜든 유적幽寂한 산림이,
고달픈 한 몸을 포옹抱擁할 인연을 가졌나 보다.

산림의 검은 파동 위로부터
어둠은 어린 가슴을 짓밟는다.

발걸음을 멈추어
하나, 둘, 어둠을 헤아려본다
아득하다

문득 이파리 흔드는 저녁바람에
솨 ─ 무섬이 옮아오고

멀리 첫여름의 개고리 재질댐에
흘러간 마을의 과거는 아질타.

가지, 가지 사이로 반짝이는 별들만이
새날의 향연으로 나를 부른다.

가슴 3

불 꺼진 화독을
안고 도는 겨울밤은 깊었다

재만 남은 가슴이
문풍지 소리에 떤다.

곡간 谷間

산들이 두 줄로 줄달음질치고
여울이 소리쳐 목이 잦았다.
한여름의 햇님이 구름을 타고
이 골짜기를 빠르게도 건너련다.

산등아리에 송아지 뿔처럼
울뚝불뚝히 어린 바위가 솟고,
얼룩소의 보드러운 털이
산등서리에 퍼 —— 렇게 자랐다.

삼년 만에 고향 찾아드는
산골 나그네의 발걸음
타박타박 땅을 고눈다.
벌거숭이 두루미 다리같이……

헌신짝이 지팡이 끝에
모가지를 매달아 늘어지고,
까치가 새끼의 날발을 태우려
푸르룩 저 산에 날 뿐 고요하다.

갓쓴 양반 당나귀 타고 모른 척 지나고,
이 땅에 드물던 말 탄 섬나라 사람이
길을 묻고 지남이 이상한 일이다.
다시 골짝은 고요하다 나그네의 마음보다.

빨래

빨랫줄에 두 다리를 드리우고
흰 빨래들이 귓속 이야기 하는 오후,

쨍쨍한 칠월 햇발은 고요히도
아담한 빨래에만 달린다.

빗자루

요 ─ 리 조리 베면 저고리 되고
이 ─ 렇게 베면 큰 총 되지.
　　누나하고 나하고
　　가위로 종이 쏠았더니
　　어머니가 빗자루 들고
　　누나 하나 나 하나
　　볼기짝을 때렸소
　　방바닥이 어지럽다고 ─

　　아니 아 ─ 니
　　고놈의 빗자루가
　　방바닥 쓸기 싫으니
　　그랬지 그랬어
괘씸하여 벽장 속에 감췄더니
이튿날 아침 빗자루가 없다고
어머니가 야단이지요.

해비

아씨처럼 나린다
보슬보슬 해비
맞아주자, 다 같이
    옥수숫대처럼 크게
    닷 자 엿 자 자라게
    햇님이 웃는다.
    나 보고 웃는다.

하늘 다리 놓였다.
알롱알롱 무지개
노래하자, 즐겁게
    동무들아 이리 오나.
    다 같이 춤을 추자.
    햇님이 웃는다.
    즐거워 웃는다.

굴뚝

산골짜기 오막살이 낮은 굴뚝엔
몽긔몽긔 웬 내굴 대낮에 솟나.

감자를 굽는 게지, 총각애들이
깜박깜박 검은 눈이 모여 앉아서.
입술에 꺼멓게 숯을 바르고
옛 이야기 한커리에 감자 하나씩.

산골짜기 오막살이 낮은 굴뚝엔
살랑살랑 솟아나네 감자 굽는 내.

가을 밤

궂은비 나리는 가을밤
벌거숭이 그대로
잠자리에서 뛰쳐나와
마루에 쭈그리고 서서
아인 양하고
솨 ── 오줌을 싸오.

무얼 먹구 사나

바닷가 사람
물고기 잡아먹구 살고
산골엣 사람
감자 구워 먹구 살고
별나라 사람
무얼 먹구 사나.

봄

우리 애기는
아래 발치에서 코올코올,

고양이는
가마목에서 가릉가릉

애기 바람이
나뭇가지에서 소올소올

아저씨 햇님이
하늘 한가운데서 째앵째앵.

개

눈 위에서
개가
꽃을 그리며
뛰오.

편지

누나!
이 겨울에도
눈이 가득히 왔습니다.

흰 봉투에
눈을 한 줌 넣고
글씨도 쓰지 말고
우표도 붙이지 말고
말숙하게 그대로
편지를 부칠까요

누나 가신 나라엔
눈이 아니 온다기에.

버선본

어머니
누나 쓰다버린 습자지는
두어둬서 뭣에 쓰나요?

그런 줄 몰랐더니
습자지에다 내 버선 놓고
가위로 오려
버선본 만드는 걸.

어머니!
내가 쓰다 버린 몽당연필은
두어둬서 뭘 합니까

그런 줄 몰랐더니
천 위에다 버섯본 놓고
침 발라 점을 찍곤
내 버선 만드는 걸.

겨울

처마 밑에
시래기 다람이
바삭바삭
춥소.

길바닥에
말똥 동그램이
달랑달랑
어오.

호주머니

넣을 것 없어
걱정이던
호주머니는,

겨울만 되면
주먹 두 개 갑북갑북.

황혼이 바다가 되어

하로도 검푸른 물결에
흐느적 잠기고…… 감기고……

저 ── 웬 검은 고기떼가
물든 바다를 날아 횡단할고.

낙엽이 된 해초
해초마다 슬프기도 하오.

서창西窓에 걸린 해말간 풍경화.
옷고름 너어는 고아의 설움.

어제 첫 항해하는 마음을 먹고
방바닥에 나뒹구로…… 뒹구오……

황혼이 바다가 되어
오늘도 수많은 배가
나와 함께 이 물결에 잠겼을 게오.

둘 다

바다도 푸르고
하늘도 푸르고

바다도 끝없고
하늘도 끝없고

바다에 돌던지고
하늘에 침뱉고

바다는 벙글
하늘은 잠잠

둘 다 크기도 하오.

반딧불

가자, 가자, 가자,
숲으로 가자.
달 조각을 주우러
숲으로 가자

그믐밤 반딧불은
부서진 달조각

가자, 가자, 가자.
숲으로 가자.
달 조각을 주우러
숲으로 가자.

달밤

흐르는 달의 흰 물결을 밀쳐
여윈 나무 그림자를 밟으며,
북망산을 향한 발걸음은 무거웁고
고독을 반려伴侶한 마음은 슬프기도 하다.

누가 있어만 싶던 묘지엔 아무도 없고,
정적만이 군데군데 흰 물결에 폭 젖었다.

풍경 風景

봄바람을 등진 초록빛 바다
쏟아질 듯 쏟아질듯 위태롭다.

잔주름 치마폭의 두둥실거리는 물결은,
오스라질 듯 한껏 경쾌롭다.

마스트 끝에 붉은 깃발이
여인의 머리칼처럼 나부낀다.
     *   *

이 생생한 풍경을 앞세우며 뒤세우며
온 하루 거닐고 싶다.

　　── 우중충한 오월 하늘 아래로,
　　── 바다 빛 포기 포기에 수놓은 언덕으로.

그 여자

함께 핀 꽃에 처음 익은 능금은
먼저 떨어졌읍니다.

오날도 가을바람은 그냥 붑니다.

길가에 떨어진 붉은 능금은
지나는 손님이 집어 갔습니다.

한난계 寒暖計

싸늘한 대리석 기둥에 모가지를 비틀어 맨 한난계,
문득 들여다볼 수 있는 운명한 오 척 육 촌伍尺六寸의
허리 가는 수은주,
마음은 유리관보다 맑소이다.

혈관이 단조로워 신경질인 여론 동물與論動物,
가끔 분수같은 냉冷침을 억지로 삼키기에,
정력을 낭비합니다.

영하로 손가락질할 수돌네 방처럼 추운 겨울보다
해바라기가 만발한 팔월 교정이 이상理想곬소이다.
피 끓을 그날이 ──

어제는 막 소낙비가 퍼붓더니 오늘은 좋은
날씨올시다.
동저고리 바람에 언덕으로, 숲으로 하시구려 ──
이렇게 가만가만 혼자서 귓속 이야기를 하였습니다.
나는 또 내가 모르는 사이에 ──

나는 아마도 진실한 세기의 계절을 따라 ──
하늘만 보이는 울타리 안을 뛰쳐,
역사 같은 포지션을 지켜야 봅니다.

소낙비

번개, 뇌성, 왁자지근 뚜드려
먼 도회지에 낙뢰가 있어만 싶다.

벼룻장 엎어논 하늘로
살 같은 비가 살처럼 쏟아진다.

손바닥 만한 나의 정원이
마음같이 흐린 호수되기 일쑤다.

바람이 팽이처럼 돈다.
나무가 머리를 이루 잡지 못한다.

내 경건敬虔한 마음을 모셔드려
노아 때 하늘을 한 모금 마시다.

비애

호젓한 세기世紀의 달을 따라
알 듯 모를 듯한 데로 거닐과저!

아닌 밤중에 튀기듯이
잠자리를 뛰쳐
끝없는 광야를 홀로 거니는
사람의 심사는 외로우려니

아 ── 이 젊은이는
피라미드처럼 슬프구나

바다

실어다 뿌리는
바람처럼 씨원타.

솔나무 가지마다 샛춤히
고개를 돌리어 뻐드러지고,

밀치고
밀치운다.

이랑을 넘는 물결은
폭포처럼 피어오른다.

해변에 아이들이 모인다.
찰찰 손을 씻고 굽으로.

바다는 자꾸 설워진다.
갈매기의 노래에……

돌아다보고 돌아다보고
돌아가는 오늘의 바다여!

비로봉 毘盧峰

만상萬象을
굽어 보기란 ──

무릎이
오들오들 떨린다.

백화白樺
어려서 늙었다.

새가
나비가 된다.

정말 구름이
비가 된다.

옷자락이
춥다.

유언

흰한 방에
유언은 소리 없는 입놀림.

── 바다에 진주 캐러 갔다는 아들
해녀와 사랑을 속삭인다는 맏아들
이 밤에사 돌아오나 내다봐라 ──

평생 외롭던 아버지의 운명殞命
감기우는 눈에 슬픔이 어린다.

외딴 집에 개가 짖고
휘양찬 달이 문살에 흐르는 밤.

2

또 한줄의 참회록

1938~1942

새로운 길

내를 건너서 숲으로
고개를 넘어서 마을로

어제도 가고 오늘도 갈
나의 길 새로운 길

민들레가 피고 까치가 날고
아가씨가 지나고 바람이 일고

나의 길은 언제나 새로운 길
오늘도…… 내일도……

내를 건너서 숲으로
고개를 넘어서 마을로

산울림

까치가 울어서
산울림.
아무도 못 들은
산울림.

까치가 들었다.
산울림.
저 혼자 들었다.
산울림.

비 오는 밤

솨 ── 철썩! 파도소리 문살에 부서져
잠 살포시 꿈이 흩어진다.

잠은 한낱 검은 고래 떼처럼 살래여,
달랠 아무런 재주도 없다.

불을 밝혀 잠옷을 정성스레 여미는
삼경.
염원

동경의 땅 강남에 또 홍수질 것만 싶어
바다의 향수보다 더 호젓해진다.

사랑의 전당

순順아 너는 내 전殿에 들어왔든 것이냐?
내사 언제 네 전에 들어갔든 것이냐?

우리들의 전당은
고풍한 풍습이 어린 사랑의 전당

순아 암사슴처럼 수정눈을 내려감어라.
난 사자처럼 엉크린 머리를 고르련다.

우리들의 사랑은 한낱 벙어리였다.

청춘!
성스런 촛대에 열熱한 불이 꺼지기 전
순아 너는 앞문으로 내달려라.

어둠과 바람이 우리 창에 부닥치기 전
나는 영원한 사라를 안은 채
뒷문으로 멀리 사라지련다.

이제
네게는 삼림 속의 아늑한 호수가 있고
내게는 험준한 산맥이 있다.

아우의 인상화 印像畵

붉은 이마에 싸늘한 달이 서리어
아우의 얼굴은 슬픈 그림이다

발걸음을 멈추어
살그머니 앳된 손을 잡으며
"너는 자라 무엇이 되려니"

"사람이 되지"
아우의 설운 진정코 설운 대답對答이다

슬며 ── 시 잡았던 손을 놓고
아우의 얼굴을 다시 들여다본다

싸늘한 달이 붉은 이마에 젖어
아우의 얼굴은 슬픈 그림이다

코스모스

청초한 코스모스는
오직 하나인 나의 아가씨

달빛이 싸늘히 추운 밤이면
옛 소녀가 못 견디게 그리워
코스모스 핀 정원으로 찾아간다

코스모스는
귀또리 울음에도 수줍어지고,

코스모스 앞에 선 나는
어렸을 적처럼 부끄러워지나니.

내 마음은 코스모스의 마음이요,
코스모스의 마음은 내 마음이다.

슬픈 족속

흰 수건이 검은 머리를 두르고
흰 고무신이 거친 발에 걸리우다.

흰 저고리 처마가 슬픈 몸집을 가리고
흰 띠가 가는 허리를 질끈 동이다.

고추밭

시들은 잎새속에서
고 빠알간 살을 드러 내 놓고,
고추는 방년芳年된 아가씬양
땡볕에 자꼬 익어간다.

할머니는 바구니를 들고
밭머리에서 어정거리고
손가락 너어는 아이는
할머니 뒤만 따른다.

햇빛. 바람

손가락에 침발러
쏘── ㄱ, 쏙, 쏙,
장에 가는 엄마 내다보려
문풍지를
쏘── ㄱ, 쏙, 쏙,

아침에 햇빛이 반짝,

손가락에 침발러
쏘── ㄱ, 쏙, 쏙,
장에 가신 엄마 돌아오나
문풍지를
쏘── ㄱ, 쏙, 쏙,

저녁에 바람이 솔솔.

해바라기 얼굴

누나의 얼굴은
　　해바라기 얼굴
해가 금방 뜨자
　　일터에 간다

해바라기 얼굴은
　　누나의 얼굴
얼굴이 숙어들어
　　집으로 온다.

애기의 새벽

우리집에는
닭도 없단다.
다만
애기가 젖달라 울어서
새벽이 된다.

우리집에는
시계도 없단다.
다만
애기가 젖달라 보채어
새벽이 된다.

귀뚜라미와 나와

귀뚜라미와 나와
잔디밭에서 이야기했다.

귀뚤귀뚤
귀뚤귀뚤

아무게도 알으켜 주지 말고
우리 둘만 알자고 약속했다.

귀뚤귀뚤
귀뚤귀뚤

귀뚜라미와 나와
달 밝은 밤에 이야기했다.

장미 병들어

장미 병들어
옮겨놓을 이웃이 없도다.

달랑달랑 외로이
황幌마차 태워 산에 보낼거나

뚜 —— 구슬피
화륜선 태워 대양에 보낼거나

프로펠러 소리 요란히
비행기 태워 성층권에 보낼거나

이것저것
다 그만두고

자라가는 아들이 꿈을 깨기 전,
이 내 가슴에 묻어 다오.

트루게네프의 언덕

　나는 고갯길을 넘고 있었다⋯⋯ 그 때에 세 소년
거지가 나를 지나쳤다.
　첫째 아이는 잔등에 바구니를 둘러메고, 바구니
속에는 사이다 병, 간스메통, 쇳조각, 헌 양말짝 등
폐물이 가득하였다.
　둘째 아이도 그러하였다.
　셋째 아이도 그러하였다.
　텁수룩한 머리털, 시커먼 얼굴에 눈물 고인 충혈된
눈, 색 잃어 푸르스름한 입술, 너덜너덜한 남루,
찢겨진 맨발,
　아 —— 얼마나 무서운 가난이 이 어린 소년들을
삼키었느냐!
　나는 측은한 마음이 움직이었다.
　나는 호주머니를 뒤지었다. 두툼한 지갑, 시계,
손수건⋯⋯ 있을 것은 죄다 있었다.
　그러나 무턱대고 이것들을 내줄 용기는 없었다.
손으로 만지작 만지작거릴 뿐이었다.
　다정스레 이야기나 하리라 하고 "얘들아" 불러
보았다.
　첫째 아이가 충혈된 눈으로 흘끔 돌아다볼
뿐이었다.

둘째 아이도 그러할 뿐이었다.

세째 아이도 그러할 뿐이었다.

그리고는 너는 상관없다는 듯이 자기네끼리 소근소근 이야기하면서 고개로 넘어갔다.

언덕 위에는 아무도 없었다.

짙어가는 황혼이 밀려들 뿐 —

산골물

괴로운 사람아 괴로운 사람아
옷자락 물결 속에서도
가슴속 깊이 돌돌 샘물이 흘러
이 밤을 더불어 말할 이 없도다.
거리의 소음과 노래 부를 수 없도다.
그신듯이 냇가에 앉았으니
사랑과 일을 거리에 맡기고
가만히 가만히
바다로 가자,
바다로 가자.

위로

　거마란 놈이 흉한 심보로 병원 뒤뜰 난간과 꽃밭
사이 사람 발이 잘 닿지 않는 곳에 그물을 쳐 놓았다.
옥외 요양을 받는 젊은 사나이가 누워서 쳐다보기
바르게 ——

　나비가 한 마리 꽃밭에 날아 들다 그물에 걸리었다.
노 —— 란 날개를 파득거려도 파득거려도 나비는 자꾸
감기우기만 한다. 거미가 쏜살같이 가더니 끝없는
실을 뽑아 나비의 온 몸을 감아버린다. 사나이는 긴
한숨을 쉬었다.

　나歲보담 무수한 고생 끝에 때를 잃고 병을 얻은 이
사나이를 위로할 말이 —— 거미줄을 헝클어버리는
것밖에 위로의 말이 없었다.

팔복 八福
— 마태복음 5장 3-12

슬퍼하는 자는 복이 있나니
슬퍼하는 자는 복이 있나니
슬퍼하는 자는 복이 있나니
슬퍼하는 자는 복이 있나니
슬퍼하는 자는 복이 있나니
슬퍼하는 자는 복이 있나니
슬퍼하는 자는 복이 있나니
슬퍼하는 자는 복이 있나니

저희가 영원히 슬플 것이오.

병원

    살구나무 그늘로 얼굴을 가리고, 병원 뒤뜰에 누워,
젊은 여자가 흰 옷 아래로 하얀 다리를 드러내놓고
일광욕을 한다. 한나절이 기울도록 가슴을 앓는다는
이 여자를 찾아오는 이, 나비 한 마리도 없다.
슬프지도 않은 살구나무 가지에는 바람조차 없다.

    나도 모를 아픔을 오래 참다 처음으로 이 곳에
찾아왔다. 그러나 나의 늙은 의사는 젊은이의 병을
모른다. 나한테는 병이 없다고 한다. 이 지나친 시련,
이 지나친 피로, 나는 성내서는 안된다.

    여자는 자리에서 일어나 옷깃을 여미고 화단에서
금잔화 한 포기를 따 가슴에 꽂고 병실 안으로
사라진다. 나는 그 여자의 건강이 —— 아니 내
건강도 속히 회복되기를 바라며 그가 누웠던 자리에
누워본다.

간판 없는 거리

정거장 플랫보옴에
내렸을 때 아무도 없어.

다들 손님들뿐,
손님 같은 사람들뿐,

집집마다 간판이 없어
집 찾을 근심이 없어

빨갛게
파랗게
불 붙는 문자도 없어

모퉁이마다
자애로운 헌 와사등에
불을 켜놓고,

손목을 잡으면
다들, 어진 사람들
다들, 어진 사람들

봄, 여름, 가을, 겨울,
순서로 돌아들고.

무서운 시간

거 나를 부르는 것이 누구요,

가랑잎 이파리 푸르러 나오는 그늘인데,
나 아직 여기 호흡이 남아 있소.

한번도 손들어 보지 못한 나를
손들어 표할 하늘도 없는 나를

어디에 내 한 몸 둘 하늘이 있어
나를 부르는 것이오.

일을 마치고 내 죽는 날 아침에는
서럽지도 않은 가랑잎이 떨어질텐데……

나를 부르지 마오.

새벽이 올 때까지

다들 죽어가는 사람들에게
검은 옷을 입히시요.

다들 살아가는 사람들에게
흰 옷을 입히시요.

그리고 한 침대에
가지런히 잠을 재우시요.

다들 울거들랑
젖을 먹이시요.

이제 새벽이 오면
나팔 소리 들려올 게외다.

태초의 아침

봄날 아침도 아니고
여름, 가을, 겨울,
그런 날 아침도 아닌 아침에

빨 ─ 간 꽃이 피어났네,
햇빛이 푸른데,

그 전날 밤에
그 전날 밤에
모든 것이 마련되었네.

사랑은 뱀과 함께
독毒은 어린 꽃과 함께.

또 태초의 아침

하얗게 눈이 덮이었고
전신주가 잉잉 울어
하나님 말씀이 들려온다.

무슨 계시일까.

빨리
봄이 오면
죄를 짓고
눈이
밝아

이브가 해산하는 수고를 다하면

무화가 잎사귀로 부끄런 데를 가리고

나는 이마에 땀을 흘려야겠다.

또 다른 고향

고향에 돌아온 날 밤에
내 백골이 따라와 한 방에 누웠다.

어둔 방은 우주로 통하고
하늘에선가 소리처럼 바람이 불어온다.

어둠 속에서 곱게 풍화 작용하는
백골을 들여다보며
눈물짓는 것이 내가 우는 것이냐
백골이 우는 것이냐
아름다운 혼이 우는 것이냐

지조 높은 개는
밤을 새워 어둠을 짖는다.

어둠을 짖는 개는
나를 쫓는 것일 게다.

가자 가자
쫓기우는 사람처럼 가자
백골 몰래
아름다운 또 다른 고향에 가자.

간 肝

바닷가 햇빛 바른 바위 위에
습한 간을 펴서 말리우자.

코카서스 산중에서 도망해온 토끼처럼
둘러리를 빙빙 돌며 간을 지키자.

내가 오래 기르던 여윈 독수리야!
와서 뜯어 먹어라, 시름없이

너는 살찌고
나는 여위어야지, 그러나,

거북이야!
다시는 용궁의 유혹에 안 떨어진다.

프로메테우스 불쌍한 프로메테우스
불 도적한 죄로 목에 맷돌을 달고
끝없이 침전하는 프로메테우스.

참회록

파란 녹이 낀 구리거울 속에
내 얼굴이 남아 있는 것은
어느 왕조의 유물이기에
이다지도 욕될까

나는 나의 참회의 글을 한 줄에 줄이자
── 만 이십사년 일 개월을
　　무슨 기쁨을 바라 살아왔던가

내일이나 모레나 그 어느 즐거운 날에
나는 또 한 줄의 참회록을 써야 한다.
── 그때 그 젊은 나이에
　　왜 그런 부끄런 고백을 했던가.

밤이면 밤마다 나의 거울을
손바닥으로 발바닥으로 닦아 보자.

그러면 어느 운석 밑으로 홀로 걸어가는
슬픈 사람의 뒷모양이
거울 속에 나타나 온다.

흐르는 거리

으스럼히 안개가 흐른다. 거리가 흘러간다.
저 전차, 자동차, 모든 바퀴가 어디로 흘리워 가는
것일까? 정박할 아무 항구도 없이, 가런한 많은
사람들을 싣고서, 안개 속에 잠긴 거리는,

거리 모퉁이 붉은 포스트 상자를 붙잡고,
섰을라면 모든 것이 흐르는 속에 어렴풋이 빛나는
가로등, 꺼지지 않는 것은 무슨 상징일까? 사랑하는
동무 박朴이여! 그리고 김金이여! 자네들은 지금 어디
있는가? 끝없이 안개가 흐르는데,

"새로운 날 아침 우리 다시 정답게 손목을
잡아보세" 몇 자 적어 포스트 속에 떨어뜨리고, 밤을
새워 기다리면 금휘장에 금단추를 삐였고 거인처럼
찬란히 나타나는 배달부, 아침과 함께 즐거운
내림來臨,

이 밤을 하염없이 안개가 흐른다.

봄 2

봄이 혈관 속에 시내처럼 흘러
돌, 돌, 시내 가차운 언덕에
개나리, 진달래, 노 ── 란 배추꽃,

삼동을 참아온 나는
풀포기처럼 피어난다.

즐거운 종달새야
어느 이랑에서나 즐거웁게 솟쳐라.

푸르른 하늘은
아른, 아른, 높기도 한데……

닫는 시

다 쓰지 못하거나, 버린 시편

창공

그 여름날
열정의 포푸라는
오려는 창공의 푸른 젖가슴을
어루만지려
팔을 펼쳐 흔들거렸다.
끓는 태양 그늘 좁다란 지점에서.

천막같은 하늘 밑에서
떠들던 소나기
그리고 번개를,
춤추던 구름은 이끌고.
남방南方으로 도망하고,
높다랗게 창공은, 한폭으로
가지 우에 퍼지고
둥근달과 기러기를 불러왔다.

푸드른 어린 마음이 이상에 타고,
그의 동경憧憬의 날 가을에
조락凋落의 눈물을 비웃다.

장

이른 아침 아낙네들은 시든 생활을
바구니 하나 가득 담아 이고……
업고 지고…… 안고 들고……
모여드오 자꾸 장에 모여드오.

가난한 생활을 골골이 버려놓고
밀려가고…… 밀려오고……
저마다 생활을 외치오…… 싸우오.

온 하루 올망졸망한 생활을
되질하고 저울질하고 자질하다가
날이 저물어 아낙네들이
씁은 생활과 바꾸어 또 이고 돌아가오.

비 뒤

"어— 얼마나 반가운 비냐."
할아버지의 즐거움.

가물 들었던 곡식 자라는 소리
할아버지 담배 빠는 소리와 같다.

비 뒤의 햇살은
풀잎에 아름답기도 하다.

어머니

어머니!
젖을 빨려 이 마음을 달래어 주시오.
이 밤이 자꾸 설워지나이다.

이 아이는 턱에 수염자리 잡히도록
무엇을 먹고 자랐나이까?
오늘도 흰 주먹이
입에 그대로 물려 있나이다.

어머니!
부서진 납인형도 싫어진 지
벌써 오랩니다.

철비가 후누주군이 내리는 이 밤을
주먹이나 빨면서 새우리까?
어머니! 그 어진 손으로
이 울음을 달래어 주시오.

3

산문

달을 쏘다

　번거롭던 사위가 잠잠해지고 시계 소리가 또렷하나
보니 밤은 적이 깊을 대로 깊은 모양이다. 보던 책자를
책상머리에 밀어놓고 잠자리를 수습한 다음 잠옷을
걸치는 것이다. '딱' 스위치 소리와 함께 전등을 끄고
창 옆의 침대에 드러누우니 이때까지 밖은 휘양찬
달밤이었던 것을 감각치 못하였댔다. 이것도 밝은
전등의 혜택이었을까.

　나의 누추한 방이 달빛에 잠겨 아름다운 그림이
된다는 것보다도 오히려 슬픈 선창이 되는 것이다.
창살이 이마로부터 콧마루, 입술 이렇게 하여
가슴에 여민 손등에까지 어른거려 나의 마음을
간질이는 것이다. 옆에 누운 분의 숨소리에 방은
무시무시해진다. 아이처럼 황황해지는 가슴에 눈을
치떠서 밖을 내다보니 가을 하늘은 역시 맑고 우거진
송림은 한 폭의 묵화다. 달빛은 솔가지에 솔가지에
쏟아져 바람인 양 솨 ── 소리가 날 듯하다. 들리는
것은 시계 소리와 숨소리와 귀뚜라미 울음뿐 벅쩍
고던 기숙사도 절간보다 더 한층 고요한 것이 아니냐?

　나는 깊은 사념에 잠기우기 한창이다. 딴은
사랑스런 아가씨를 사유私有할 수 있는 아름다운
상화想華도 좋고, 어릴 적 미련을 두고 온 고향에의

향수도 좋거니와 그보다 손쉽게 표현 못 할 심각한 그 무엇이 있다.

바다를 건너온 H군의 편지 사연을 곰곰 생각할수록 사람과 사람 사이의 감정이란 미묘한 것이다. 감상적인 그에게도 필연코 가을은 왔나 보다.

편지는 너무나 지나치지 않았던가. 그중 한 토막.

"군아! 나는 지금 울며 울며 이 글을 쓴다. 이 밤도 달이 뜨고, 바람이 불고, 인간인 까닭에 가을이란 흙냄새도 안다. 정의 눈물, 따뜻한 예술학도였던 정의 눈물도 이 밤이 마지막이다."

또 마지막 편으로 이런 구절이 있따.

"당신은 나를 영원히 쫓아버리는 것이 정직할 것이오."

나는 이 글의 뉘앙스를 해득할 수 있다. 그러나 사실 나는 그에게 아픈 소리 한마디 한 일이 없고 설운 글 한 쪽 보낸 일이 없지 아니한가. 생각건대 이 죄는 다만 가을에게 지워 보낼 수밖에 없다.

홍안서생紅顏書生으로 이런 단안을 내리는 것은 외람한 일이나 동무란 한낱 괴로운 존재요 우정이란 진정코 위태로운 잔에 떠놓은 물이다. 이 말을 반대할 자 누구랴. 그러나 지기 하나 얻기 힘든다 하거늘

알뜰한 동무 하나 잃어버린다는 것이 살을 베어내는 아픔이다.

나는 나를 정원에서 발견하고 창을 넘어 나왔다든가 방문을 열고 나왔다든가 왜 나왔느냐 하는 어리석은 생각에 두뇌를 괴롭게 할 필요는 없는 것이다. 다만 귀뚜라미 울음에도 수줍어지는 코스모스 앞에 그윽이 서서 닥터 빌링스의 동상 그림자처럼 슬퍼지면 그만이다. 나는 이 마음을 아무에게나 전가시킬 심보는 없다. 옷깃은 민감이어서 달빛에도 싸늘히 추워지고 가을 이슬이란 선득선득하여서 설운 사나이의 눈물인 것이다.

발걸음은 몸뚱이를 옮겨 못가에 세워줄 때, 못 속에도 역시 가을이 있고, 삼경三更이 있고, 나무가 있고, 달이 있다.

그 찰나 가을이 원망스럽고 달이 미워진다. 더듬어 돌을 찾아 달을 향하여 죽어라고 팔매질을 하였다. 통쾌! 달은 산산이 부서지고 말았다. 그러나 놀랐던 물결이 잦아들 때 오래잖아 달은 도로 살아난 것이 아니냐, 문득 하늘을 쳐다보니 얄미운 달은 머리 위에서 빈정대는 것을 ── .

나는 꼿꼿한 나뭇가지를 고누어 띠를 째서 줄을

메워 훌륭한 활을 만들었다. 그리고 좀 탄탄한 갈대로
화살을 삼아 무사의 마음을 먹고 달을 쏘다.

조선일보 1939년 1월 23일자에 실림

화원에 꽃이 핀다

　개나리, 진달래, 앉은뱅이, 라일락, 민들레,
찔레, 복사, 들장미, 해당화, 모란, 릴리, 창포,
튤립, 카네이션, 봉선화, 백일홍, 채송화, 달리아,
해바라기, 코스모스. ── 코스모스가 홀홀히 떨어지는
날 우주의 마지막은 아닙니다. 여기에 푸른 하늘이
높아지고, 빨간, 노란 단풍이 꽃에 못지않게 가지마다
물들었다가 귀또리 울음이 끊어짐과 함께 단풍의
세계가 무너지고 그 위에 하루밤 사이에 소복히
흰 눈이 내려, 내려 쌓이고 화로에는 빨간 숯불이
피어오르고 많은 이야기와 많은 일이 이 화롯가에서
이루어집니다.
　독자 제현! 여러분은 이 글이 씌어지는 때를 독특한
계절로 짐작해서는 아니 됩니다. 아니, 봄, 여름,
가을, 겨울, 어느 철로나 상정하셔도 무방합니다.
사실 일 년 내내 봄일 수는 없습니다. 하나 이
화원에는 사철내 봄이 청춘들과 함께 싱싱하게
등대하여 있다고 하면 과분한 자기 선전일까요.
하나의 꽃밭이 이루어지도록 손쉽게 되는 것이
아니라 고생과 노력이 있어야 하는 것입니다. 딴은
얼마의 단어를 모아 이 졸문을 지저거리는 데도 내
머리는 그렇게 명석한 것은 못 됩니다. 한 해 동안을

내 두뇌로써가 아니라 몸으로서 일일이 헤아려
세포 사이마다 간직해두어서야 겨우 몇 줄의 글이
이루어집니다. 그리하여 나에게 있어 글을 쓴다는
것이 그리 즐거운 일일 수는 없습니다. 봄바람의
고민에 짜들고, 녹음의 권태에 시들고, 가을 하늘
감상에 울고, 노변의 사색에 졸다가 이 몇 줄의 글과
나의 화원과 함께 나의 일 년은 이루어집니다.

　시간을 먹는다는(이 말의 의의와 이 말의 묘미는
칠판 앞에 서보신 분과 칠판 앞에 앉아 보신 분은
누구나 아실 것입니다) 그것은 확실히 즐거운 일임에
틀림없습니다. 하루를 휴강한다는 것보다(하긴
슬그머니 까먹어버리면 그만이지만) 다만 한 시간,
예습, 숙제를 못 해 왔다든가, 따분하고 졸리고 한
때, 한 시간의 휴강은 진실로 살로 가는 것이어서,
만일 교수가 불편하여 못 나오셨다고 하더라도 미처
우리들이 예의를 갖출 사이가 없는 것입니다.

　그러나 이것을 우리들의 망발과 시간의 낭비라고
속단하셔서 아니 됩니다. 여기에 화원이 있습니다.

　한 포기 푸른 풀과 한 떨기의 붉은 꽃과 함께 웃음이
있습니다. 노 ── 트장을 적시는 것보다, 한우충동에
묻혀 글줄과 씨름하는 것보다, 더 명확한 진리를

탐구할 수 있을는지, 보다 더 효과적인 성과가
있을지를 누가 부인하겠습니까.

　나는 이 귀한 시간을 슬그머니 동무들을 떠나서
단 혼자 화원에 거닐 수 있습니다. 단 혼자 꽃들과
풀들과 이야기할 수 있다는 것이 얼마나 다행인
일이겠습니까. 참말 나는 온정으로 이들을 대할 수
있고 그들은 웃음으로 나를 맞아 줍니다. 그 웃음을
눈물로 대한다는 것은 나의 감상일까요. 고독, 정적도
확실히 아름다운 것임에 틀림이 없으나, 여기에 또
서로 마음을 주는 동무가 있는 것도 다행한 일이 아닐
수 없습니다. 우리 화원 속에 모인 동무들 중에, 집에
학비를 청구하는 편지를 쓰는 날 저녁이면 생각하고
생각하던 끝 겨우 몇 줄 써 보낸다는 A군, 기뻐해야 할
서류(통칭 월급 봉투)를 받아 든 손이 떨린다는 B군,
사랑을 위하여서는 밥맛을 잃고 잠을 잊어버린다는
C군, 사상적 당착에 자살을 기약한다는 D군……
나는 이 여러 동무들의 갸륵한 심정을 내 것인 것처럼
이해할 수 있습니다. 서로 너그러운 마음으로 대할 수
있습니다.

　나는 세계관, 인생관, 이런 좀더 큰 문제보다 바람과
구름과 햇빛과 나무와 우정, 이런 것들에 더 많이

괴로워해왔는지도 모르겠습니다. 단지 이 말이 나의 역설이나, 나 자신을 흐리우는 데 지날 뿐일까요.

일반은 현대 학생 도덕이 부패했다고 말합니다. 스승을 섬길 줄을 모른다고들 합니다. 옳은 말씀들입니다. 부끄러울 따름입니다. 하나 이 결함을 괴로워하는 우리들 어깨에 지워 광야로 내쫓아버려야 하나요. 우리들의 아픈 데를 알아주는 스승, 우리들의 생채기를 어루만져주는 따뜻한 세계가 있다면 박탈된 도덕일지언정 기울여 스승을 진심으로 존경하겠습니다. 온정의 거리에서 원수를 만나면 손목을 붙잡고 목 놓아 울겠습니다.

세상은 해를 거듭, 포성에 떠들썩하건만 극히 조용한 가운데 우리들 동산에서 서로 융합할 수 있고, 이해할 수 있고, 종전의 ( )가* 있는 것은 시세의 역효과일까요.

봄이 가고, 여름이 가고, 가을, 코스모스가 홀홀히 떨어지는 날 우주의 마지막은 아닙니다. 단풍의 세계가 있고, ── 이상이견빙지履霜而堅氷至 ── 서리를 밟거든 얼음이 굳어질 것을 각오하라 ── 가 아니라

---

* 원고에 '( )' 부분이 비어 있다.

우리는 서릿발에 끼친 낙엽을 밟으면서 멀리 봄이 올
것을 믿습니다.

　노변에서 많은 일이 이루어질 것입니다.

1939년(추정)

이름을 잃고 쓰는 시들

— 잃어버린 '나'를 찾아 떠나는 여행

김남석

부끄러운 이름을 덮으며

'시인 윤동주'는 한국시사에서 빼놓을 수 없는 빼어난 시인으로 기억된다. 하지만 '청년 윤동주'의 실제 삶까지 이러한 평가에 걸맞다고는 할 수 없다. 그는 평생의 친구이자 라이벌이었던 송몽규처럼 혁신적인 생각을 가진 젊은이가 아니었다. 문학에 대한 열정을 제외한다면, 자신의 주견을 적극적으로 실천하려고 한 흔적도 드물었다. 현실의 관문(가령 입학시험이나 신춘문예)에서 여러 차례 낙방을 경험했고, 이로 인해 적지 않은 내면의 상처를 감수할 수밖에 없었던 인물이었다. 일각에서 주장하듯 조선의 독립과 자존을 위해 자신의 인생을 산화했다고 볼 근거도 거의 없다. 냉정하게 평가한다면 청년 윤동주는 1930~40년대 조선에 살았던 평범한 청년들과 크게 다르지 않으며, 오히려 시대의 아픔에서 한 발 빗겨서 상대적으로 평온한 인생을 살았다고도 판단해도 무방할 듯하다.

하지만 그의 시는 이러한 그의 삶을 다른 차원으로 바꾸어 놓았다. 그의 시는 평범한 청년으로 살아간다는 것이 얼마나 고통스러운 것인가를 각인시켰다. 그의 시대를 살아보지 않은 이들에게는 조선 청년의 삶이 얼마나 부끄러운 것인가를 이해하도록 만들기도 했다. 또한 그는 시대 앞에서 둔감한 자신의 선택과 상대적으로 사소할 수 있는 것에 집착하는 욕구를 솔직하게 주시하며, 이를 '부끄러움'의 문제로 바꾸어 생각할 줄 알았다. 이러한 생각을 시를 통해 드러내는 일도 두려워하지 않았다. 그래서 그의 시를 읽다보면, 자연스럽게 그의 삶에 대해 궁금해진다. '그—윤동주'가 무슨 생각을 했고 왜 이러한 시들을 남겼는지를 알고 싶어지고, '자신—독자'과 비교하고 싶은 마음이 들기 때문이다.

'나'의 부끄러움을 찾아 떠나는 여행

「별 헤는 밤」은 이러한 부끄러움의 정체를 간명하게 드러낸 시이다. 이 시에는 자신의 이름을 땅에 쓰고 그 위를 흙으로 덮어 버리는 '젊은 영혼'이 등장한다. '밤을 세워 우는 벌레'와 함께 청신한 가을 하늘을 즐기던 '그—젊은 영혼'이 느닷없이 자신의 이름을 부끄럽다고 말하는 대목에서 독자들은 적지 않은 충격에 빠진다. 왜 자신의 이름을 덮고 왜 스스로를 부끄럽다고 말한 것일까.

윤동주의 삶을 관통하여 살펴보면, 그의 부끄러움은 자신의 이름을 자신의 이름으로 올바로 쓸 수 없었던 시대의 영향을 감지하게 한다(실제로 윤동주는 '히라누마 도주平沼東柱'로 창씨개명을 단행한 바 있다). 불온한 시대의 기운으로 인해 이 젊은 영혼은 자신의 내면에서 첨예하게 맞서는 서로 다른 삶(들)의 격차를 외면할 수 없었다. 특히 일본에서 대학을 다니기 위해서는 도항증이 필요했고, 이 도항증은 자연스럽게 창씨개명을 요구했다. 그는 그 이후 더욱 깊게 고민했을 것이다.

'나—윤동주는 이 부끄러운 이름으로 감수하면서까지 무슨 영화를 보려고 자신의 땅도 아닌 이국에서 대학을 다녀야 할까.'

반드시 창씨개명이 아니더라도, 그는 조선과 그 주변의 여기저기를 떠돌면서 자신이 진정 누구인지 고민하지 않을 수 없는 삶을 살았다. 그가 주로 기거했던 명동촌을 비롯하여, 용정(대성중학), 평양(숭실학교), 경성(연희전문), 그리고 일본(입교대학, 동지사대학)으로 이어지는 그의 여정은 사실 자기 자신이 누구인지를 찾는 모험을 은근히 강요했다. 그는 조선인이었지만, 동시에 만주인이기도 했고, 공식적으로 일본인이어야 했다. 개척자의 후손이었지만 피식민지인의 운명을 벗어나지 못했고, 그렇다고 용감하게 저항하는 독립군의 삶을 선택하지 못했으며, 결국에는 굴종을 대가로 대학생이 되고 제국의 신민이 되어야 했다. 이러한 혼란과 모순 속에서 윤동주는 자신의 정체를 스스로 밝혀야 했는데, 그때 이름은 중요한 단서가 아닐 수 없었다. 자신이 원하는 이름을 찾을 수 있을 때에야, 자신이 누구인지 말할 수 있다는 사실을 그는 이미 알고 있었다.

하지만 현실은 이를 허용하지 않았기에, 외면할 수 없는 괴로움이 그에게 시를 쓰게 했고, 그 시로 인해 윤동주의 삶은 현실의 삶과 다른 차원으로 나아갈 수 있었다. 그리고 이 모든 것을 야기한 괴로움과 시대의 문제가 결국에는 윤동주를 성장시키고 그의 시를 연마시키는 근본이 될 수 있었다. 현실의 피폐한 삶(조국의 기울어진 운명과 디아스포라 식 삶의 행보까지 포함하여)이 윤동주에게 시를 쓰도록 부추겼다면, 내면에 깃듯(혹은 깃들) 괴로움이 그를 '문학―시 쓰기'에서 물러설 수 없도록 만들었다. 그렇다면 그에게 부끄러운 이름이 문학으로 나아가는 동력이었다고 말해도 지나치지 않을 것이다.

괴로움의 깊이, 한 길의 내면

한국시사의 명편으로 기억되는 「자화상」은 윤동주의 시적 여정이 실은 내면으로 향하는 길이었음을 알려주고 있다. 윤동주로 보이는 화자는 산모퉁이 어딘가에 놓인 ― 현실을 닮았지만 근본적으로 내면을 더욱 많이 닮은 ― '공간'에서 우물 한 길을 만난다. 그 우물에는 의외로 많은 것들이 담겨 있었으며 들여다보는 대로 비추

어내는 신통함까지 지니고 있었다. 방황하던 젊은 영혼은 그 안에서 자신의 모습을 기어이 찾아내고야 만다.

믿기도 하고 가엾기도 한 사나이. 이 사나이를 유심히 들여다보면 젊은 영혼의 투영된 자의식이라는 대답을 손쉽게 얻을 수 있을 것이다. 하지만 윤동주가 살았던 시대까지 면밀하게 고려하면, 그 대답은 이렇게 간단하게 내려질 문제가 아닐 수도 있다. 이 사나이가 비단 한 사람의 영혼만을 가리키지는 않을 것이기 때문이다. 윤동주와 그의 시대를 함께 넘어야 했던 많은 영혼들은, 이 가엾기도 하고 믿기도 한 영혼의 자화상을 공유할 수밖에 없는 처지였다. 이 부끄러움에 시를 들이 댄 윤동주는 그 모든 이들이 함께 비출 수 있는 거울 한 조각을 얻어낼 수 있었다. 그것은 솔직함이었고 용감함이었다. 그는 조금 비겁했지만 끝내 용기를 버리지는 않았다.

윤동주의 시가 특별할 수 있다면, 자신의 모습을 솔직하게 비춤으로써, 자신과 함께 비겁한 삶을 살아야 했던 시대의 과오와 그 안에서 함께 살아야 했던 대중들의 무명無名을 함께 비출 수 있었기 때문일 것이다. 자신의 이름을 덮고 새로운 이름으로 살아야 했던 젊은이(들)에게서 함부로 기대하기 어려운 용기였지만, 윤동주는 내면의 여행을 통해 그 괴로움이 고여 있는 몇 길 낭떠러지의 내면 깊숙이 내려갈 수 있었다. 그리고 그곳에서 초라하게 웅크리고 있었던 한 사나이를 만날 수 있었다.

한국인의 심인心印, 역사의 화인火印, 우리 시대의 낙인烙印

그의 여정이 솔직하고 집요했기 때문에, 그 사나이의 모습은 윤동주의 자화상이 될 수 있었으며, 이 자화상은 윤동주라는 내면 여행자를 따라 기꺼이 여행하기를 바라는 이들에게도 변하지 않는 시대의 초상으로 남을 수 있었다. 그래서 '우리 ─ 윤동주 이후의 거의 모든 한국인들'은 부끄러움을 느낄 때마다 ─ 아니, 부끄러움을 느껴야 함에도 불구하고 그것을 외면하고 있을 때마다 ─ 그의 자화상이자 시대의 초상을 꺼내 겉에 묻은 녹을 벗겨낼 용기만 발휘한다면, 그 안에 갇힌 자신의 모습과 부끄러움을 발견할 수 있는 거울 한 조각을 마련할 수 있었다.

우리는 윤동주가 마련해 준 「자화상」으로 시대를 건너 나타난 또 다른 '부끄러운 사나이들 ─ 어쩌면 지금 여기의 우리들'을 비출 수 있게 되었다. 현실의 위협 앞에서 웅크리듯 숨어야 했던 초라한 사내의 모습은, 비단 일제 강점기만이 아니라 이 땅 위에서 부끄러운 이름을 남기지 않을 수 없었던 시대의 족적을 늘 일깨운다. 순결한 영혼이기 이전에 부끄러운 이름을 숨겨야 했던 이들에게 그 족적은 더욱 큰 무게로, 마치 지워지지 않은 심인心印처럼 깊게 낙인찍힐 것이다. 언제든 시대의 부끄러움 앞에 비겁하고 초라한 선택만을 하고 있다고 느낄 때마다 이 심인은 화인이 되어 돌아올 만큼 아주 극렬하게 말이다. 이것은 윤동주가 우리에게 남긴 가장 큰 축복이기도 하다. (문학평론가. 영화평론가. 부경대 국문과 교수)

시인의 자료

윤동주의 연희전문 졸업사진

윤동주의 청년시절

윤동주가 릿교대 다닐 때 귀향해 찍은 사진.
송몽규(가운데)와 가족들. 1942년

중학시절의 윤동주(왼쪽) 시인과
고종사촌 송몽규(오른쪽)

윤동주 시인과 문익환 목사(뒤 왼쪽
오른쪽) 용정 북부교회. 1935년

숭실중학교 때의 사진

꿈많고 수줍던 청년이던 윤동주의
마지막 모습

윤동주가 옥사한 후쿠오카 형무소

윤동주의 장례식. 1945년 3월 6일

용정의 윤동주묘비. 1947년
(여동생 윤혜원 오른쪽)

윤동주 시인의 육필「서시」

『하늘과 바람과 별과 시』
1955년 정음사 문고판

윤동주 시인 연보

1917년(1세) 12월 30일 만주국 간도성 화룡현 명동촌에서 본관이 파평인 부친 윤영석과, 독립운동가, 교육가인 규암 김약연 선생의 누이 김용사이에서 장남으로 태어남. 윤동주가 태어난 명동촌은 김약연선생이 일찍 이곳에 들어와 개척한 곳이다. 교육과 종교, 독립운동이 다른 곳보다 활발했었다.1910년 조부 윤하현이 기독교 장로였고, 윤동주는 유아세례를 받았다.

1925년(9세) 4월 만주국 간도성 화룡현에 있는 명동 소학교에 입학. 당시의 급우로는 함께 옥사한 고종 사촌 송몽규, 문익환, 외사촌 길정우 등이 있다.

1929년(13세) 송몽규 등의 급우와 함께 벽보 비슷한『세명동』이라는 등사판 문예지를 간행. 이 무렵 썼던 동요, 동시 등의 작품을 발표.

1931년(15세) 3월 명동 소학교 졸업. 송몽규, 김정우와 명동에서 30리 남쪽에 있는 중국인 도시 대랍자에 있는 중국인 소학교 6학년에 편입했다.

1932년(16세) 4월, 캐나다 선교부가 경영하는 미선계 은진중학교에 입학. 재학 중 급우들과 함께 교내 문예지를 발간하여 문예작품을 발표하는 한편, 축구 선수로도 활약했다.

1934년(18세) 12월「삶과 죽음」,「초 한 대」,「내일은 없다」세 편의 시 작품을 씀. 이때부터 시작 날짜 기록.

1935년(19세) 은진중학교에서 평양 숭실중학교 3학년에 편입. 기숙사에 머물면서 독서와 시작「남쪽 하늘」,「창공」,「거리에서」,「조개껍질」등의 시를 썼다.

1936년(20세) 숭실중학교 폐교, 용정 광명학원 중학부 4학년에 편입. 간도 연길지방에서 발행되던『카톨릭 소년』지에 동시「병아리」,「빗자루」발표.

1937년(21세) 광명중학교 5학년 졸업. 연희전문 문과에 송몽규와 함께 입학했다.

1941년(25세) 연희전문 문과에서 발행한『문우』지에「자화상」,「새로운 길」을 발표. 12월, 연희전문 문과를 졸업. 19편으로 된 자선시집『하늘과 바람과 별과 시』를 졸업 기념으로 출간하려 했으나 미간. 이 무렵 윤동주의 집에서는 일제의 탄압에 못 이겨 그의 도일을 위해 히라누마로 창씨개명했다.

1942년(26세) 도쿄 릿쿄대학 영문과에 입학. 가을에 교토 도시샤 대학 영문과에 편입.「참회록」,「흰 그림자」,「흐르는 거리」,「사랑스런 추억」,「쉽게 씌어진 시」,「봄」등의 시를 씀.「참회록」은 고국에서 마지막으로 쓴 시다.

1943년(27세) 7월, 첫학기를 마치고 귀향길에 오르기 직 전 교토대학에 재학중인 송몽규와 사상범으로 체포되어 교토 키모가와 경찰서에 구금됨.

1944년(28세) 2월 기소되고, 3월, 일제 당국의 재판 결과 '독립운동'의 죄목으로 2년 형(3년 구형)을 언도받아 큐슈의 후쿠오카 형무소에 수감.

1945년(29세) 2월 16일 사망. "시체 가져가라"라는 전보로 윤동주의 옥사를 알게됨. 부친 윤영석과 당숙 윤일춘이 일본으로 건너감. 송몽규도 윤동주가 죽은 뒤 23일 만인 3월 10일 옥사. 3월 초, 용정 동산에 안장.

1947년 2월 정지용, 안병욱, 이양하, 김삼불, 정병욱 등 30여명이 모여 소공동 플로워 회관에서 윤동주 2주기 추도 모임을 가짐. 1948년 1월 유고 31편을 모아 정지용의 서문으로 시집『하늘과 바람과 별과 시』를 정음사에서 간행.

1955년 2월 10주기 기념으로 유고를 보완, 88편의 시와 5편의 산문을 묶어 다시『하늘과 바람과 별과 시』로 정음사에서 간행.

1968년 11월 2일 연세대학교 학생회 및 문단, 친지 등이 모금한 돈으로 연희전문 시절에 지내던 기숙사 앞에 시비 건립.

엮은이	사과꽃 편집부
	정본 중심, 여러 판본을 참고하여,
	윤동주의 대표작을 연대별로 정리하여 묶었습니다.

한국 대표시 다시 찾기 101

모든 죽어가는 것을 사랑해야지
윤동주

1판1쇄인쇄	2017년 12월 13일
1판1쇄발행	2017년 12월 19일
지은이	윤동주
펴낸이	신현림
펴낸곳	도서출판 사과꽃
	서울 종로구 옥인길74 (3-31)
이메일	abrosa@hanmail.net
전화	010-9900-4359
등록번호	101-91-32569
등록일	2012년 8월 27일
편집진행	사과꽃
표지 디자인	정재완
내지 디자인	강지우
인쇄	신도인쇄사
ISBN	979-11-962533-2-5(04810)
	979-11-962533-0-1
값	7,700원

KB0767927